Josephine von Knorr

Aus späten Tagen

Gedichte

Josephine von Knorr

Aus späten Tagen
Gedichte

ISBN/EAN: 9783743667297

Hergestellt in Europa, USA, Kanada, Australien, Japan

Cover: Foto ©Andreas Hilbeck / pixelio.de

Weitere Bücher finden Sie auf **www.hansebooks.com**

Aus späten Tagen.

Gedichte

von

Josephine Freiin von Knorr.

Mit Vorwort von Marie von Ebner-Eschenbach.

Stuttgart 1897.
Verlag der J. G. Cotta'schen Buchhandlung
Nachfolger.

Alle Rechte vorbehalten.

Druck der Union Deutsche Verlagsgesellschaft in Stuttgart.

Inhalt.

	Seite
Vorwort von Marie von Ebner-Eschenbach	IX

Vermischte Gedichte.

Myrrhen	3
Opferkerzen	5
Im November	6
Im Winter	7
Vorfrühling	8
Wolken	9
Die Straße	11
Nach einem Traume	13
Paradiesvögel	14
Die kapitolinischen Tauben	15
Der Flieder	16
Im Frühling	17
Die weißen Kleider	18
Nach der Prozession	19
Schatten, I, II	20
Daß ein Geheimnis dich behüte	23
Erloschene Sterne	24
An meine Eiche	25

VI

	Seite
Vergötterung	26
Melusine — Lohengrin	27
Ultra-Violett	28
Impressionisten-Malerei	29
In zwei Farben	31
Die Alpen-Trikolore	32
Unerschaut	33
Phonographen	34
„Mehr Licht!"	35
Wunsch	36

Blumen und Falter.

Helleborus niger	39
Primula veris	41
Enzian	42
Gentiana acaulis	43
Gentiana verna	44
Euphrasia	45
Cyclamen	46
Zeitlosen	47
Chrysanthemen	48
Cleopatra	49
Das Pfauenauge	51
Polyxena	52
Aurora	53
Apollo, I, II	54
Der Admiral	56
Trauermantel	57
Das blaue Ordensband	58
Das Posthorn	59
Sphinx convolvuli	60

Aus späten Tagen.

Rückschau.

Seite

Heinrich VIII. ... 63
Die Flucht von Varennes ... 65
Die Kreuze ... 66
Ludwig II. ... 68

Paris.

In Altis ... 73
Montmartre ... 74
Poëta Imperator ... 76
Im Musée de Cluny ... 77
Kollektion Spitzer ... 78
Vieux Saxe ... 79
„Chez la Comtesse de Trianon". ... 80
Vieux Rose ... 82
La Joconda ... 84
La fête des Fleurs ... 86
La Tour Eiffel ... 87
Ausstellungs-Nacht ... 89
Vor dem Abschied ... 91

Gelegentliches.

An Betty Paoli ... 95
Scheffel ... 96
An Frau Louise Adermann ... 97
An Ferdinand von Saar ... 99
An Frau Hisa Ohyama ... 100
Huldigung ... 102
Die Stolberg-Münze ... 104
Die Dreizehnten ... 106
Erzherzog Carl Ludwig ... 107

VIII

Elegien.

	Seite
Nachruf	111
Mein Zimmer	113
Der Hain	115
Zeitenschluß	119

Uebersetzungen.

Der Lord von Burleigh	123
Die drei Reiter	128

Meine teure Sephine!

Lange schon hege ich den Wunsch, einer ausgewählten Sammlung Deiner Gedichte das Geleit geben zu dürfen. Du bestehst aber darauf, Dein Bändchen „Aus späten Tagen" zu veröffentlichen, noch ehe Du uns die Auswahl spendest, auf die ich hoffe. So heiße ich es denn willkommen und nicht nur als einen Vorboten. Wenn auch manche Stimme in diesen Liedern schweigt, die in Deinen früheren erklang, finde ich Dich in ihnen wieder, Deine mir so liebe Eigenart, die Schwermut und den Schwung Deiner Jugend, den Zauber der Empfindung, der die Herzen rührt, und jene Färbung, die Du selbst am treffendsten bezeichnet hast, als Du vor Jahren gesungen:

X

Wenn ich's auch verhehle
In der Stunde Scherz:
Ja mir ist die Seele
Dunkel und das Herz.

Herz und Seele dunkeln
Nur so tiefschwarz nicht,
Daß sie nicht auch funkeln
Könnten farbenlicht.

Wie oft plötzlich schimmert
Eines Fittichs Samt,
Die Granate flimmert
Und der Purpur flammt.

So wie die Ranunkel,
Die Viole blüht:
So von Farbe dunkel
Ist auch mein Gemüt.

Wien, im März 1897.

Marie von Ebner-Eschenbach.

Vermischte Gedichte.

Myrrhen.

O Herr! Ich kann kein Gold dir bringen,
    Wie jener König es gethan:
Ein Opfer nur aus bitt'ren Dingen —
    O nimm von mir die Myrrhen an!

Du nahmst sie alle auf in Gnaden,
    Die Gaben aus der treuen Hand,
Auch ihn, den Magier, beladen,
    Der in dem Schrein nur Myrrhen fand.

War er der Aermste von den dreien?
    Der eine hat dir Gold gebracht,
Der andere die Spezereien —
    Und er der Myrrhen bitt're Fracht.

Der Dank ist Gold — es steigen Bitten
  So wie der Weihrauch himmelwärts;
Geopfert haben, die gelitten:
  Den bitt'ren Myrrhen gleicht mein Herz!

Ich hab' kein Gold, es dir zu bringen,
  Wie jener König es gethan:
Ein Opfer nur aus bittern Dingen —
  Herr, nimm von mir die Myrrhen an!

Opferkerzen.

So brannten einstens meine Freuden —
  So sind sie ausgebrannt vor dir!
So brannten einstens meine Leiden —
  Nur wen'ge Kerzen sind noch hier!

Und, eine Kerze, brennt mein Leben
  Mit seiner letzten Freuden Rest —
Mit seiner Schmerzen letztem Beben
  Entgegen deinem Osterfest!

Im November.

Nicht von dem frischen Grün der Erden
    Und von der Blumen Duft nicht mehr
Kann jetzt uns die Erquickung werden —
    Sie kommt allein von oben her.

Nur wenn die Sonnenstrahlen glänzen,
    Die Wolke rosig nieder scheint,
Ist's wie ein Hauch von fernen Lenzen,
    Daß man, es sei der Frühling, meint;

Daß von der Flur, der frostverbrannten,
    Ablenkt der Blick zum Horizont —
Zum Lichtgefild, dem unbekannten,
    In dem der müde Herbst sich sonnt.

Im Winter.

Laß deine Blumen wieder sprießen,
  O Herr! hinweg mit diesem Weiß!
Laß aufgelöst die Bäche fließen,
  Zu Wolken werden dieses Eis!

Laß deinen Frühling wiederkehren;
  Denn wie das Salz der toten See,
Denn wie die Bitterkeit der Zähren
  Ist dieser aufgetürmte Schnee!

Vorfrühling.

Es ist ein blauer, sonn'ger Tag,
    Noch liegt der Schnee, der Ast ist kahl —
Doch ist ein Leuchten überall
    Von etwas, das da kommen mag.

Noch wärmt es nicht, es weht noch kühl,
    Doch ist kein Frost mehr in der Luft —
Ein leiser Hauch, noch ist's kein Duft,
    Es ist der Wonne Vorgefühl!

Wolken.

Ihr flücht'ge Wolken, Nebelmassen,
    Die ihr im Luftreich zieht und winkt,
Wenn die Gestirne rings erblassen —
    Und abends, wenn die Sonne sinkt!

So tief die Wasser unten liegen,
    Von denen ihr der feuchte Hauch:
Ihr seid zum Himmel aufgestiegen
    Weit höher als des Feuers Rauch.

Ihr zieht einher mit dem Gewitter,
    Ihr seid der Donner düst'res Kleid,
Aus dem ein Sprüh'n, wie Lanzensplitter,
    Aufleuchtet in der Dunkelheit.

Ihr seid der Sonne ros'ge Schleier,
    Ihr seid des Mondes Silberflor;
Ihr erst macht schön des Abends Feier
    Und herrlicher den Morgenchor!

Ihr flattert hoch vor unsren Blicken,
    Gleich Flaggen auf dem Ocean;
Die Jahreszeiten aus euch schicken,
    Mit ihrer Färbung angethan.

Und wie ihr, Wechselndes zu künden,
Dem Auge sichtbar hingestellt:
So kommt ihr aus des Herzens Gründen
Auch in die unsichtbare Welt.

So steigt ihr auf, so zieht ihr immer
Um unsrer Seelen Horizont,
Um unsres Hoffens Morgenschimmer,
Um der Erinnerungen Mond.

Und heißt hier Stimmung, heißt Empfinden,
Womit sich hold die Freude schmückt,
In dem das Leid kann Obdach finden,
Aus dem der Zorn die Blitze zückt.

Die Liebe färbt mit Frührotsgluten
In erstem Grüßen euer Dach —
Und Herzen still in euch verbluten
Den Sonnenuntergängen nach.

O Wolken, im Vorüberschweben,
Gepeitscht vom Sturm, geküßt vom Strahl:
Den Wolken gleich, entflieht das Leben
Mit seiner Lust und seiner Qual!

Die Straße.

In Duft und Schmelz die Fluren glänzen,
Die Fluren, die den Weg umgrenzen,
Ein Landschaftsbild im Sonnenstrahl!
    Ich seh' den Berg im Süden ragen,
    Wie in den fernen Jugendtagen
Die Straße schlängeln sich durchs Thal.

Nicht her — nicht fort. Sie führt vorüber,
Und rechts und links geht es hinüber;
Und wer dort wandelt kommt vorbei.
    Und wie mir die Gedanken streichen,
    Muß ich das Leben ihr vergleichen —
Und wie vorbei hier jedes sei.

Vorbei die Eltern und Vertrauten
Vorbei die Stillen und die Lauten
Vorbei, vorbei, die mich geliebt,
    Und auf der weiten off'nen Straße
    Nur hin und wieder eine blasse
Gestalt, die leise Antwort giebt.

12

Du letzter Gruß vor meinem Sehnen!
O halte still bei meinen Thränen —
Zu meinem Söller blick' noch auf!
  Und sollte Sterne ich begehren,
  Und scheint unmöglich das Gewähren:
Den Segen winke mir herauf!

Nach einem Traume.

Willst du der Trauer Zauber kennen,
   Such' sie in Dingen, die verjährt,
Wo sie nicht mehr ein Leid zu nennen,
   Wo sie zur Schönheit sich verklärt.

Such' sie, wenn Strahlen zum Entzücken
   Ihr Gold verstreuen überall,
Auf den Gewölben röm'scher Brücken,
   Auf Griechentempeln im Verfall.

Such' sie in dir, im eig'nen Herzen,
   In jenen Zeiten, wo du jung —
In Fernen weit gerückter Schmerzen,
   Im Schmelze der Erinnerung!

Paradiesvögel.

Wo sind die rätselhaften Wälder,
   In denen ihr wie Zauber lebt?
Wo sind die märchenhaften Felder,
   An denen ihr vorüber schwebt?

Wenn euch erlegt als edle Beute
   Malayenpfeile auf der Flur —
Und euch verschenkt an Haremsbräute
   Der reiche Sultan von Timur:

Dann funkelt mit den Kronjuwelen,
   Licht eures Prunkgefieders Pracht —
Und schwarze Sklavinnen erzählen
   Vom Jüngling, der es heimgebracht.

Die kapitolinischen Tauben.

Ihr habt die Zeiten überdauert,
Versammelt an der Schale Rand,
Wie Monumente fest gemauert,
Jahrtausenden gehalten Stand.

Sind nicht den Tauben gleich die Seelen?
Sind nicht die Tauben ein Symbol?
Und mir zum Sinnbild will ich wählen
Den Taubenkreis vom Kapitol.

Auf meinem Wege möcht' ich nippen
An einer Schale voll und rein,
Und nur benetzen meine Lippen,
Wie sie das zarte Schnäbelein.

Nur hie und da die Flügel senken
In die Gewässer dieser Zeit;
Erhitzt, nur hie und da mich tränken
Am frischen Born der Wirklichkeit;

Mich labend, weilen bei den Dingen,
Ein durst'ger, sehnsuchtsvoller Gast,
Der kam und weiter zieht auf Schwingen,
Wie Tauben thun nach ihrer Rast.

Der Flieder.

Der Flieder gleicht der Jugend,
  Die gar so schnell vergeht;
Aus dem Gesträuche lugend,
  Er erst in Knospen steht.

Die grünen Blätter glühten
  Und hielten ihn versteckt,
Bis er mit vollen Blüten,
  Sie farbig überdeckt.

Und aus der Kindheit Schleier
  Die Jugend plötzlich tritt
In hochzeitlicher Feier,
  Mit königlichem Schritt.

Hell prangend strahlt die Jugend,
  Von jedermann begehrt,
Zum Duft wird ihre Tugend,
  Zum Zauber wird ihr Wert.

Der Jugend gleicht der Flieder,
  Gar schnell ist er vorbei
Und kommt im Jahr nicht wieder —:
  Der Flieder welkt im Mai.

Im Frühling.

Prinzessin war die eine,
 Ihr Vater herrscht' im Land;
Schon trägt sie Edelsteine
 An ihrer kleinen Hand.

Die andre führt den Spaten
 Und hält bei Lämmern Hut,
Und pflegt die jungen Saaten,
 So wie's der Vater thut.

Es spielt in beider Haaren
 Das sonn'ge Lockengold,
Und alle beide waren
 Wie frische Rosen hold.

Gar oft blickt in die Ferne
 Das Fürsten=Töchterlein,
Sie möchte gern, so gerne
 Auf freien Fluren sein!

Das Bauernkind im Sinnen
 Geht still der Arbeit nach:
Es träumt von Königinnen
 In goldnem Prunkgemach.

Die weißen Kleider.

Die weißen Kleider weh'n und winken
   Als eine blendende Vision;
Wie helle Wolkenstreifen blinken
   Am Kindlein sie als Linnen schon.

Verklärend sie am Mägdlein prangen,
   Das zu des Altars Gitter drängt
Und dort mit heiligem Verlangen
   Zum erstenmal den Herrn empfängt.

Gleich einer Glorie umfließen
   Im Hochzeitsstaate sie die Braut,
Wenn Glück und Maiglanz sich ergießen
   Auf alles, was sie rings erschaut.

Das Leben schillert wie Gefieder,
   Wie Rosen glüht's, es grünt wie Klee,
Es blaut wie Flut — bis endlich nieder
   Das weiße Bahrtuch fällt wie Schnee.

Nach der Prozession.

Der Korb mit roten Bändern,
 Von Rosenblättern voll —
Voll, voll bis zu den Rändern,
 So daß er überquoll:

Er ist jetzt leere Hülle,
 Von Rosen keine Spur;
Es blieb von all der Fülle
 Ein Wohlgeruch ihm nur.

Der Knabe stellt zur Seite
 Ihn mit der andren Zier
Und rollt vom Festgeleite
 Das flatternde Panier.

Die Jugend ist vorüber,
 Und was den Sinn erfreut,
Hinüber und herüber;
 Die Blumen sind verstreut.

Wohl dem, der, fromm im Lieben,
 Sich nur den Pflichten gab —
Und dem ein Duft geblieben
 Im Herzen bis zum Grab!

Schatten.

I.

'S ist einer von den Lebensschmerzen,
    Wenn auf dem Ball ein blasses Kind
Vereinsamt bleibt mit traur'gem Herzen,
    Indes die andern fröhlich sind.

Es tanzt die Freundin und die Schwester,
    Es tanzt die frohe Braut vorbei;
Sie lehnt sich an die Mauer fester
    Im trüben Stundeneinerlei.

Doch ist's nicht das, währt auch zum Morgen
    Die stille Wacht im lauten Saal —
Nein, nur die Ahnung macht ihr Sorgen,
    Die sie beschleicht in ihrer Qual.

Es mag sie vorbedeutend mahnen
    In jenem glänzenden Verein,
Daß sie auf ihrer Jugend Bahnen
    Wird einsam bleiben und allein.

Daß sie sich sehnen wird vergebens
    Nach andrer Glück, nach andrer Heil,
Daß von den Festen dieses Lebens
    Sie nie wird haben ihren Teil!

II.

Sie liebt ihr Kind — sie will es hüten,
So wie der Gärtner pflegt die Blüten
   Am Baum, der Köstliches verspricht.

O dieser Knabe! Mit ihm kosen,
Ist wie der Tau, der Duft von Rosen —
   Ist Sonnenglanz und Sonnenlicht!

Oft, wenn sie ihm geküßt die Locken,
Hat sie um sich geblickt, erschrocken
   Ob seiner engelgleichen Huld.

Nur Raphael malt solche Augen,
Die nicht für Menschenkinder taugen
   Mit ihrer angebor'nen Schuld.

Jetzt darf er nur die Mutter rühren,
Doch einst soll er die Jungfrau führen,
   Die schön, wie er, zum Traualtar.

Dann wird auch er in sonn'gen Tagen
Des Landes besten Namen tragen,
   In Ehren hoch, wie's immer war.

Und leuchten einst wie seine Ahnen
Auf ihren siegesfrohen Bahnen,
   Ein Held an Thaten und Gestalt! —

Da, wie sie blickt auf ihren Erben,
Fährt's ihr durchs Herz: dies Kind wird sterben!
   Mit einer Ahnung Vollgewalt.

Daß ein Geheimnis dich behüte...

Daß ein Geheimnis dich behüte
  Durchs ganze Leben — woll' es nicht!
Denn alles Gute, jede Blüte
  Strebt doch zuletzt empor zum Licht.

Nur Staub und Tod, versenkt im Dunkeln,
  Die langen Nächte schlummern mag:
Das Schöne will im Mittag funkeln,
  Das Leben will den sonn'gen Tag.

Drum halt' mit düst'ren Nachtgedanken
  Nicht zögernd träumerischen Rat;
Entschlossen, sonder Furcht und Wanken,
  Erhebe dich — und geh' zur That!

Erloschene Sterne.

Von Lichtern wird erzählt im Weltenraum,
Die niederblicken von des Himmels Saum;
Bei den Gestirnen glänzt ihr heller Schimmer,
Doch jene Sterne sind im All jetzt nimmer;
Zerstörte Welten sind's, die längst nicht mehr,
Nur ihre Grüße kommen nächtlich her.
Sie wollen täuschen nicht, die starren Toten;
Sie konnten's wehren nicht den lichten Boten.
Die waren fort in ihrem Strahlenkleid
Auf langem Weg der Unermeßlichkeit.

Und so dem Herzen mag's im Innern geh'n.
Es kann noch Sterne, muß noch Strahlen seh'n,
Wenn längst erloschen in der Seele traut
Gefühle sind, die es als Stern geschaut.
Es strömt um uns noch all der warme Schein,
Wir glauben noch an jener Liebe Sein
Und grüßen sie, weil noch ihr Schimmer wacht,
Als schönen Stern in des Erinnerns Nacht.

An meine Eiche.

Mein Baum, da stehst du grün und prächtig,
  Den man gepflanzt einst mir zum Dank;
Nicht dehnst du dein Gezweige mächtig,
  Doch aufwärts strebst du, stark und schlank.

Denn andre Stämme dich umgeben,
  Sie fordern dicht umher den Raum;
So mußtest du nach oben streben,
  Dem Lichte zu, mein Eichenbaum!

Und so wie dir, ist's mir ergangen;
  Nicht durft' ich mich verzweigen breit:
Da trieb mich aufwärts mein Verlangen
  Zu reiner Sphären Lieblichkeit.

Und wie du so, zum Sturm geboren,
  Im Widerstand erprobt die Kraft,
Bedünkt mich: nichts ging dir verloren,
  Weil hoch nach oben ragt dein Schaft!

Vergötterung.

Er konnte blenden und verlocken,
  Der Strahlenkranz im alten Rom,
Aufleuchtend in der Kaiser Locken,
  Wie das Gestirn am Himmelsdom.

Doch lieblicher für Erdenlose,
  Beglückender aus trauter Hand:
War immer die Apotheose,
  Die Liebe um die Stirnen wand!

Melusine — Lohengrin.

Das war ein Tag der Wonnen,
   Ein Brauttag, als der Graf
Von Lusignan am Bronnen
   Die schöne Nixe traf.

Ein Duften und ein Maien
   Umwehte Herz und Sinn
Der Herrin, die zu freien
   Gekommen Lohengrin.

Kein Weib glich Melusinen,
   Mit Zaubern angethan;
Kein Ritter war erschienen
   So hehr wie der vom Schwan.

Weh ihm, als er es wagte,
   Zu spähen nach der Fei;
Weh ihr, als sie ihn fragte,
   Was seine Herkunft sei.

Weh dem, der staubgeboren,
   Gefrevelt an dem Glück:
Es ist verwirkt, verloren —
   Und kehrt nicht mehr zurück!

Ultra-Violett.

Wenn ausgelöscht des Tags Gefunkel
   Wirkt doch noch fort ein Farbenlicht,
Geheimnisvoll webt es im Dunkel,
   Doch in die Augen fällt es nicht.

So bleibt oft noch in späten Jahren
   Ein letzter Jugendstrahl zurück,
Im Antlitz nimmer zu gewahren —
   Das Herz allein empfindet Glück.

Impressionisten-Malerei.

I.

Aus dem grünen Klee der Wiese
   Fliegt ein grüner Spanner auf,
Und im grünen Rock ein Knabe
   Kommt mit grünem Netz im Lauf.

II.

Blau gekleidet steht die Blonde
   Mit der blauen Augen Glanz,
Flicht im Feld bei blauem Himmel
   Von Cyanen einen Kranz.

III.

Bei des Frührots erstem Schimmer
   Sieht, geschmückt mit Rosaschleifen,
Rosenwangig eine Jungfrau
   Man im Rosengarten schweifen.

IV.

Schwarz das Roß und schwarz der Reiter,
   Schwarz die Gegend, schwarz die Nacht —
Und der Fürstin, schwarzgekleidet,
   Wird ein Trauerbrief gebracht.

V.

Malven stehen in dem Garten
　Und die ersten Astern blüh'n;
Doch die Dame bindet Veilchen
　Sich zum Amethystenschmuck.

VI.

Apfelblüten an den Zweigen,
　Auf dem Boden Blütenschnee;
Weiß geschmückte Mädchen locken
　Weiße Schwäne dort am See.

In zwei Farben.

Weiß ist die Firne
Und blau ist der See —
Und weiß ist die Stirne
Des Mägdleins wie Schnee.

Blau ist ihr Auge
Und blau ihr Gewand —
Weiß winkt ihr Schleier
In schneeiger Hand.

Blau sind die Lüfte
Und weiß wogt der Schwan,
So weiß wie das Segel
Auf glitzerndem Kahn.

Blau ist die Schleife
Des Spielmanns am Bord —
In sonnigen Strahlen
Verklingt der Accord!

Die Alpen-Trikolore.

Blauer Himmel, Gletschereis!
  Frührotswolkenglüh'n!
Blauer Enzian, Edelweiß —
  Alpenrosenblüh'n!

Blau, weiß, rot in sonn'ger Pracht —
  Stolze Farbendreiheit
Auf der Felsen hoher Wacht,
  In der Berge Freiheit!

Unerschaut.

Es giebt die Pfade, die Touristen steigen
Fort bis zum Gipfel, bis zum ew'gen Schnee;
Es giebt die Straßen, die den Schiffen eigen —
Tief unten, unergründlich tief die See;
Es giebt die Herzen, welche Liebe zeigen,
Dem Mitleid offen für der Andern Weh:
Doch auf den hohen Bergen giebt es Stellen,
Und Flächen giebt es auf den Meereswellen,
Und ein Gebiet im Menschenherzen auch —
Darüber weht und geht nur Gottes Hauch!

Phonographen.

In seinem strebenden Verlangen
   Hat jüngst gebannt der Mensch den Ton;
Ihn nahm mit Sang und Klang gefangen
   Der kühne Forscher Edison.

Doch längst schon hallt durchs ganze Leben
   In jedem Menschenherzen nach
Das süße Wort, das Glück gegeben —
   Der schrille Laut, der es zerbrach.

„Mehr Licht!"

„Mehr Licht!" So sprach der große Dichter,
 Als ihm das Aug' im Tode brach;
Mehr Licht! Mehr Licht! Es werde lichter! —
 So betet ihm die Menschheit nach.

Der Hunger, der verlangt nach Speise,
 Der Durst nach Freiheit ist es nicht,
Was laut der Mund, das Herz stöhnt leise —
 Ein Angstruf ist das: Licht! Mehr Licht!

In Dunkelheiten wankt das Wissen,
 Aus Zweifeln nur die Schule spricht —
O Herr, sag' zu den Finsternissen
 Ein zweites Mal: „Es werde Licht!"

Wunsch.

Ich will kein klagendes Verklingen,
  Wenn meine Lebenssonne sinkt:
Noch einen Schlußaccord soll bringen
  Die kurze Zukunft, die mir winkt;
Auf daß sich alle Stimmen finden,
  Die durch mein Leben je getönt,
Und Höh'n und Tiefen sich verbinden,
  In jenem Schlußaccord versöhnt.

Blumen und Falter.

Helleborus niger.

Wenn Schnee dicht auf den Feldern,
Nur noch die Tannen grün,
Da sieht man in den Wäldern
Dich, helle Blume, blüh'n.

Du schmückst mit deinen Flocken
Das bald entschwund'ne Jahr,
Du stehst mit deinen Glocken
Im jungen Januar.

Mit deinem Kelch, dem weißen,
Erstehst du winterlich:
Die erste Blume heißen,
Die letzte kann man dich.

Ach! manchmal im Gemüte,
Nach frost'gem Lebenslauf,
Wacht spät, wie deine Blüte,
Ein tiefes Sehnen auf.

Das Herz, den Stürmen offen,
Fühlt wie im Lenz sich jung,
Und weiß nicht, ist es Hoffen —
Ist's nur Erinnerung?

Primula veris.

Einem Dichter.

Liebliche Blume,
Blume des Frühlings,
Blume des Dichters,
Neige dich ihm!

Heller als Veilchen,
Holder als Crocus,
Neig' im September —
Neige dich ihm!

Bis du lebendig
Wieder vor ihm
Grünenden Lorbeer
Goldig umspielst.

Enzian.

Du bist die Blume, mir gegeben,
  Die tiefblau leuchtend, still mich ruft;
Ach, so wie du entbehrt mein Leben,
  Was weich und schmeichelnd kost, den Duft.

Und ähnlich dir auf steilen Bergen,
  Bewähren mußt' ich stille Kraft
Und Bitterkeit in mir verbergen —
  Denn bitter ist dein grüner Schaft.

Gentiana acaulis.

Tiefblau wie die Fensterscheiben
In der got'schen Kirchen Nacht,
Wenn sie glüh'n und sonnig bleiben
Bei der Mittagstrahlen Pracht —
Und darauf des Himmels Lichte,
Von der Glaswand überdeckt,
Eine hell're Farbenschichte,
Eine höh're Tinte weckt!

Gentiana verna
im Oktober.

Ich werde doch — sie doch noch finden,
   Die meines Lebens Traumbild war,
Im Herbst bei den Oktoberwinden,
   Die blaue Blume, wunderbar;

Die meine junge Sehnsucht quälte
   In meinem frostigen April;
Die meinem kargen Frühling fehlte,
   Die Herrliche auf holdem Stiel.

Nicht zahlreich in des Lenzes Fülle
   Auf grüner Trift im Feierkleid:
Nein, einsam aus der Nebelhülle
   Aufleuchtend wie ein Prachtgeschmeid'.

Euphrasia.

Nicht prächtig mit der Rose Prangen
Und nicht von Duft und Strahl umkost,
Ist auf den Fluren aufgegangen
Der unscheinbare Augentrost.

Doch eine Heilkraft hält verborgen
Der kleine Kelch, das zarte Kraut;
Kein frisch'res Blümlein tränkt der Morgen,
Wenn es im Wiesengrunde taut.

So stehen unbemerkte Frauen
Im Kleid der Demut hilfreich da; —
Betrachtet, sind sie hold zu schauen,
Gleich Augentrost: Euphrasia!

Cyclamen.

Waldesblume, spät geboren
  Bei der Schatten Einsamkeit,
In der sich ein Hauch verloren
Aus der fernen Maienzeit.

Letztes Duften, letztes Würzen
  Vor der Auseinandergeh'n,
Wenn die Tage sich verkürzen
Und die Rosen still verweh'n.

Zeitlosen.

Eh' der Herbst mit seinem Hauche
　Blätter gerbt
Und die Beeren an dem Strauche
　Röter färbt,

Unabsehbar in der Runde,
　Ringsherum,
Taucht aus feuchtem Wiesengrunde
　Colchicum.

Ros'ger Anhauch, der verglühte,
　Bleicher Stiel,
Aehnlich wie der Crocus blühte
　Im April;

Traumhaft und den Kelch geschlossen,
　Eingesenkt,
Blumenlieblich aufgeschossen —
　Giftgetränkt!

Chrysanthemen.

Ihr seid nicht rot so wie die Nelken,
    Auch wie die Sommerrosen nicht,
Ihr habt die Farben vom Verwelken,
    Von einem überreifen Licht.

Auf euren Kelchen sind die Gluten,
    Die mit den Abendwolken ziehn,
Wenn Gold und Braun zusammenfluten
    Bevor die letzten Strahlen flieh'n.

Ihr seid nicht voll wie die euch gleichen,
    Nicht wie die Astern farbensatt;
In eurem Hauch ist ein Erbleichen
    Und euer höchster Glanz ist matt.

Und doch, es leuchten eure Sterne
    Und jedes eurer Blätter flammt,
Ihr schönen Blumen aus der Ferne,
    Der Sonneninsel Reich entstammt.

Vielleicht, daß neuer Zeiten Wende
    Die Erde morgenrot umfließt;
Ihr krönet des Jahrhunderts Ende,
    Das mit erlosch'nen Farben schließt.

Cleopatra.

Ob hochberühmt der Name klinge,
  Nicht Sie ist's, die ich nennen will:
Mein Lied gilt einem Schmetterlinge
  Und nicht der Königin vom Nil.

Hoch fliegt er auf im Schwefelkleide
  Mit Flammen auf dem Flügelpaar;
Auf dem Vesuv ist seine Weide,
  Beim Lavastrom, bei der Gefahr!

Wenn Glühwind weht zum Meeresstrande
  Und rings die Lüfte Feuer spei'n,
Da flattert er im Sonnenbrande
  Und trägt des Glutherds Wiederschein.

So flog er in Pompejis Gärten,
  Lang eh' der Aschenregen fiel,
So sah'n ihn Konradins Gefährten,
  Als Blumen noch vor ihrem Ziel.

Lebendig, wo die großen Toten,
   Er fort den Sommertag durchschwärmt,
Weit über dem vulkan'schen Boden,
   Den unterirdisch Feuer wärmt.

Als Phönix ist er aufgestiegen,
   Vom Schutt von Casamicciola,
Um sich in Sonnenglanz zu wiegen,
   Im Goldlicht, wie Cleopatra!

Das Pfauenauge.

Kaum einen wüßte ich zu nennen,
Der herrlicher im Sommer flammt;
Am Flug schon bist du zu erkennen,
Du brauner Schmetterling von Sammt!

Darfst in die Luft den Festglanz tragen,
Dein Schillern und dein Himmelblau,
Und in den Höh'n die Räder schlagen,
Nicht in der Nied'rung wie der Pfau.

Mußt keiner Heidengöttin dienen,
Bist selbst die Juno dieser Flur
Und tafelst mit den Honigbienen
Beim Nektarbecher der Natur!

Polyxena.*

Lieblichster der Schmetterlinge,
 Ist's Geschmeide, ist es Blut,
Was auf deine blonde Schwinge
 Streut die rote Farbenglut?

Stand mit solchen Glutrubinen
 Bräutlich Priams Tochter still?
Rollten so die roten Tropfen
 Von dem sterbenden Achill?

* Osterluzeifalter.

Aurora.

Fröhlich fliegt er um die Rosen,
Wenn auf Erden weht der Mai;
Wenn die ersten Falter kosen,
Kommt er lichtbeschwingt herbei.

Eh' noch die Gewitter blitzen,
Eh' die Donnerwolke droht,
Hebt er seiner Flügelspitzen
Frühlingsheit'res Morgenrot.

Apollo.

I.

Goldbraun blüht's im grünen Moose
    Und in Lorbeerpracht ist voll
Das Gebüsch der Alpenrose:
    Auf zum Felsen fliegt Apoll.

Wie der Lichtgott, hell und prächtig,
    Straffen Bogens auf der Bahn,
Hebt er seine Flügel mächtig,
    Kommt der schöne Falter an.

Zu den Höhen, wo noch rauschen
    Die Orakel alter Zeit,
Denen still die Dichter lauschen
    In der Musen Einsamkeit.

II.

Zauberte sich solchen Boten
 Dort im Thal die Alpensee
Aus den Erdbeeren, den roten —
Aus der Erdbeerblüten Schnee?

Der Admiral.

In dem schmucken Staatsgewande,
  Schwarz wie Seide, blau wie Stahl,
Mit dem scharlachroten Bande
  Fliegt er auf, der A d m i r a l!
Segelt fort in Sommertagen
  Auf der Lüfte frischer Bahn,
Von demselben Wind getragen,
  Wie das Schiff im Ocean.

Trauermantel.

Düster in der Schwingen Dunkel
Kommt er angeflogen sacht,
Und es mahnet sein Gefunkel
An des Trauerprunkes Pracht.

Einsam zieht er an der Ranke,
Die von Trauben schon beschwert,
Wie ein trauriger Gedanke,
Der beständig wiederkehrt.

Einsam streift er an der Mauer
Blendend weißem Wiederschein,
Und der Herbst mit seiner Trauer
Hüllt in Flor die Fernen ein.

Das blaue Ordensband.

Von welchem Orden bist du Ritter
    Mit deines Bands azur'ner Pracht;
Hereingeflogen beim Gewitter
    In einer schwülen Sommernacht?

Trieb's dich vom krachenden Geäste
    Durch mondlichtlosen Waldesraum?
Kommst du berauscht von einem Feste?
    Von einem blitzgetroff'nen Baum?

Riß dich im Sturm der wilde Jäger
    In seinem Zug aus deiner Bahn?
Du scheinst ein alter Würdenträger,
    Ein silbergrauer Veteran!

Noch kannst du Donnerwolken sehen —
    Geh' nicht verloren auf der Flucht!
Laß dich zurück vom Nachtwind wehen
    Zu dem Gefährten, der dich sucht!

Das Posthorn.

Gelber Falter, der behende
  Ueber Wiesengründe flieht,
Wenn die Sommerzeit zu Ende
  Und die Schwalbe weiter zieht;

Mit dem Posthorn auf der Schwinge,
  Eilig wie die Post und schnell,
Flüchtigster der Schmetterlinge,
  Zierlich und orangenhell:

Ach, wie vieles kam geflogen,
  Goldig hold vor mir, wie du,
Eh' die Hoffnung fortgezogen,
  Eh' das Herz in Winterruh'!

Sphinx convolvuli.

Zwei große tote Falter!
 Wie's kam, man weiß es nicht —
So eisgrau wie das Alter,
 Wenn es zusammenbricht.

Zwei Falter, die einst schwebten
 In Duft und Abendrot —
Man weiß nur, daß sie lebten,
 Man weiß nur, daß sie tot!

Rückschau.

Heinrich VIII.

Du Blaubart der Geschichte,
 Entsetzlicher fürwahr,
Als der, der im Gedichte
 Erschreckt die Kinderschar!

Denn wirklich war dein Leben,
 Geschichtlich deine That,
Und Frauenherzen beben
 Vor deinem blut'gen Rat.

War's deiner Krone Schimmer,
 War's deines Auges Bann,
Was dich gehoben immer,
 Du mitleidloser Mann?

Was wieder und aufs neue
 Dir Bräute zugeführt,
Trotz der gebroch'nen Treue
 Die Jungfrauen gerührt?

Du knickst das Herz im Leibe,
  Du trennst das Haupt vom Rumpf —
Und bahnst von Weib zu Weibe
  Den Weg dir im Triumph!

Dann trittst du in die Mitte
  Der Ratsversammlung ein
Nach Pharisäersitte,
  Vor dem Gesetze rein.

Stellst kühn vor deine Blöße
  Des Glaubens Eisenschild
Und drohst mit Englands Größe —,
  Ein finst'res Königsbild!

Die Flucht von Varennes.

Mit Angst und Spannung lesen wir die Seiten,
 Vergessend drüber, was ein jeder weiß:
Daß sie umsonst die Rettung vorbereiten
 Und daß verloren des Versuches Preis!

Wir fahren weiter mit dem Reisewagen,
 Der Frankreichs Herrscher an die Grenze trägt;
Die Landschaft fliegt vorbei, die Pferde jagen,
 Und mit der Flücht'gen Herz das unsre schlägt.

Vielleicht — vielleicht wird noch der Ausgang glücken,
 Vielleicht — vielleicht bleibt Ludwig unerkannt;
Doch des Erzählers Kunst nur kann berücken
 Und Täuschung ist's, wenn uns das Ende spannt.

Wir wissen gut, daß bald zum Hohn der Rotte
 Zurück der König nach der Hauptstadt muß —
Und kennen Schritt für Schritt, bis zum Schafotte,
 Des Trauerspieles thränenreichen Schluß!

Die Kreuze.

Mit ihr, der herrlichsten der Frauen,
   Bei ihrer Mutter Majestät,
In Kindesanmut anzuschauen,
   Maria Antoinette steht.

Gemeldet wird der greise Seher,
   Der Wiener Arzt, der Nekromant;
Die Fürstin winkt: „Kommt, tretet näher
   Und gebt uns Künftiges bekannt!"

Holdselig grüßt mit blonden Locken
   Die rosige Erzherzogin;
Er sieht sie an und starrt erschrocken
   Und wie in Träumen vor sich hin.

„Am Tag des Zorns ward sie geboren:
   Ein Erdstoß zuckte durch die Welt;
Im Schutt schien Lissabon verloren —
   Mir aber ward das Haus erhellt."

„Sagt, welches Los wird sie erfahren?"
   Er blickte traurig auf das Kind.
Dann sprach der Mann mit weißen Haaren:
   „Für alle Schultern Kreuze sind!"

Nicht weiter will die Mutter fragen,
  Von trüben Ahnungen erfaßt;
Hat sie doch selbst als Kreuz getragen:
  In schwerer Zeit der Herrschaft Last.

Sie wird für dieses Kind verlangen
  Die Krone Frankreichs, schön und echt,
Um deren Reif die Lilien prangen
  Mit dem von Gott verbrieften Recht.

Die Zukunft kam — und hat gesprochen,
  Es floß das Blut rubinenrot,
Das gold'ne Scepter liegt zerbrochen —
  Und auf dem Kreuzweg ging's zum Tod ...

Und ach, wie oft seit jenen Tagen
  Hat manches kaiserliche Kind
Auf stolzer Höh' sein Kreuz getragen:
  „Für alle Schultern Kreuze sind!"

Ludwig II.
(1886.)

Ja, hold wäre gewesen
    Der Königsschlösser Traum,
Wenn er dafür erlesen
    Nicht ird'scher Seen Saum.

Wenn er auf Frühlingsauen,
    So wie durch Feenhand
Sie hätte können bauen
    In einem Märchenland!

Wo Rosen und wo Nelken,
    Wo grüner Bäume Laub
Nicht kennen das Verwelken
    Und nicht der Blätter Raub!

Wo, wenn die Zauber weben,
    Durch unsichtbare Macht
Gebäude sich erheben
    In einer Mondennacht!

Für die man nicht zum Solde
    Den Schatz der Krone leert,
Weil ihre Pracht vom Golde
    Der Wolken sich vermehrt...

Dem jungen König sangen
   Die Vöglein wundersam,
Bis sehnendes Verlangen
   Ihn quälend überkam.

Es muß errungen werden,
   Das myst'sche Ideal!
Noch steht die Burg auf Erden —
   Die Burg vom heil'gen Gral!

Ein andrer Schwanenritter
   Ist er, ein Lohengrin —
Da kommt im Ungewitter
   Die Flut jäh über ihn.

Ein schriller Ton der Klage
   Erzählt von Tod und Weh —
Fortan umweht die Sage
   Das Königsschloß am See.

Paris.

In Altis.

(An Herrn Alfred Marchand.)

Ob Massen wüten und der Aufruhr heule,
In blauen Lüften und im gold'nen Strahl
Schwebt noch der Genius auf der Julisäule,
Hell winkt es noch, der Freiheit Ideal!

Ob sich verfinstert auch die Ruhmessonne
   Und dicht verschleiert Sieg und Waffenthat:
Erhöht von neuem auf der Erzkolonne
   Der Heros steht, der glorreiche Soldat!

Noch immer hält es fest, in Stein gemauert,
   Ob auch die Engel vom Altare floh'n,
Apotheosen hat es überdauert
   Das Kreuz der Kuppel auf dem Pantheon!

Es blieben auf der Monumente Spitzen
   Die heiligen Symbole unentweiht —
Und wenn entfesselt die Gewitter blitzen
   Verkünden Donner ihre Herrlichkeit!

Montmartre.
(1882.)

Ob sich die Kirche wird erheben,
    Die Frankreich dem Erlöser weiht,
Ob man die Opfer fort wird geben,
    Das ist der Zweifel dieser Zeit.
Was zweifelt ihr? Genug des Spottes!
    Hier schlägt vereint das Herz der Welt:
Es ruft dies Herz zum Herzen Gottes,
    Vor aller Augen hingestellt.

Hier giebt das Herz, das Dank gesprochen,
    Hier giebt das Herz, das Hoffnung hebt;
Hier giebt das Herz, das Leid durchstochen,
    Hier giebt das Herz, das Angst durchbebt:
Gelübde will das eine halten,
    Das and're, opfernd, stürmt zum Ziel.
Der Glaube möchte Felsen spalten,
    Es scheint der Liebe nicht zu viel!

Hier weht die mystische Standarte,
    Hier stimmt die Treue noch ihr Lied,
Hieher sich flüchtet auf die Warte,
    Was aus den Niederungen schied.

Hier fügt die Quadern zu den Quadern
　　Der Andacht ungebroch'ne Kraft,
Lebendig in des Marmors Adern,
　　Aufstrebend in der Säule Schaft.

Es will sich einen Sitz bereiten
　　Der Herrscher Frankreichs und der Welt,
Wie die Akropolis vor Zeiten,
　　Hoch auf den Gipfel hingestellt:
Die große Stadt zu seinen Füßen,
　　Die seinem Herzen sich geweiht,
Daß alle Fernen ihn begrüßen —
　　Der Sieger bleibt in Ewigkeit.

Nicht bluteten in ihren Schlachten
　　Sie so wie er den Opfertod;
Er heißt sie sein Gesetz beachten
　　Mit des Triumphes Aufgebot.
Was der Versucher frech geboten
　　Was er verschmäht, der Erde Reich:
Der Auferstand'ne von den Toten
　　Hält Himmel jetzt und Welt zugleich!

Poëta Imperator.
(Nach dem Leichenbegängnisse Victor Hugos. 1885.)

Nicht Dichterkönig — nein, er war ein Kaiser,
Als Imperator trägt man ihn zur Gruft;
Cypressen nicht — es wehen Lorbeerreiser,
„Jo triumphe!" schallt es durch die Luft.

Denn für Triumphe nur steht dieser Bogen;
Als Triumphator hat hier einmal schon
Das Achtgespann vor allem Volk gezogen
In Todesherrlichkeit Napoleon!

Und abermals zieht jetzt aus dieser Pforte
Ein großer Toter, den die Menge krönt;
Begeistert steigern lauter sich die Worte,
Fanfaren rufen und die Salve dröhnt.

Und wie sie hoch und höher ihn erheben,
Da ist's, als wolle man des Kaisers Ruhm
Zur höchsten Staffel einer Größe geben,
Die sich geoffenbart im Dichtertum!

Im Musée de Cluny.

Sie könnten reden die Tapeten,
Und könnte sprechen das Gerät
Zu denen, die den Raum betreten,
Zu uns, den Nachgebor'nen spät.

Ich möchte huldigend mich neigen
Vor ihr, der Dame „au licorne",
Mich anzuschließen ihrem Reigen,
Zu streicheln ihres Tieres Horn.

Ich möchte seh'n Marquisen schweben
Auf dieses Teppichs Blumenflur,
Den Takt zu holden Weisen geben
Den kleinen Schuh der Pompadour!

Ob auch die Farben rings verglühten,
Lebendig bleibt der Dinge Geist,
Als sei'n, ihr Eigentum zu hüten,
Von Unsichtbaren sie umkreist.

Kollektion Spitzer.

O welcher Glanz, o welcher Schimmer!
　Im Rot des Sammts die Waffen glüh'n,
Als würde noch beim Festgeflimmer
　Des jungen Ritters Helmgold sprüh'n!

Als käme aus des Meisters Schmiede
　Des Schlosses wunderbare Zier;
Wie zum Turnier, zum Minneliebe —
　So freudenvoll ist alles hier!

Die gelben Schüsseln Gubbios glänzen
　In ihrem Perlenmutterstrahl;
Als gält' es noch, ihn zu kredenzen,
　Prangt Benvenutos Prachtpokal!

Hier liegt kein Rost; der Flor der Zeiten
　Wird wie von Rosenhauch erhellt —
Und durch die sonn'gen Säle schreiten
　Die Herr'n und Frau'n der großen Welt.

Vieux Saxe.

Hier lächeln sie im Kreise
 Die zarten Mägdelein,
Gestimmt zur gleichen Weise
 Im lieblichen Verein.

Die Schwester gleicht der Schwester —
 Dieselbe Eigenart;
Versammelt im Orchester
 Hält jede ihren Part.

Als sie zuerst entstanden
 In Meißens Herrlichkeit,
War noch in allen Landen
 Die gute alte Zeit.

Da galt noch auf den Thronen
 Das heil'ge Herrscherrecht —
Und mit den Adelskronen
 Der Vorrang im Geschlecht.

Viel Hassen und viel Lieben
 Zerschmolz seither wie Wachs:
Doch aufrecht ist geblieben
 Der Zauber vom Vieux Saxe!

"Chez la Comtesse de Trianon."

Alt oder tot sind die Genossen,
　Die ihren Sommertag geschaut;
Doch hält sie Grazie noch umflossen,
　Die kleine Gräfin, zart gebaut.

Längst ist der Jugendreiz vergangen,
　Der Alfred de Musset bezwang;
Bleich ist das Haar, bleich sind die Wangen,
　Doch ist noch Schwung in ihrem Gang.

Und thätig, emsig ohne Säumen,
　Haucht sie hinweg der Jahre Schnee;
In ihrer Wohngemächer Räumen,
　Da waltet sie als gute Fee.

Mit Nadeln weiß sie flink zu walten
　Zu trüber Stunden Zeitvertreib,
Und Bilder sinnreich zu gestalten,
　Wie Wilhelm des Erob'rers Weib.

Die Teppiche, der Schmuck der Wände,
　Die Kissen, aller Stickkunst Preis,
Sie sind die Arbeit ihrer Hände,
　Sind ihres Lebens langer Fleiß.

So hat sie allgemach vergessen,
Verschmerzt, was ihr die Hoffnung log,
Daß Glück und Liebe sie besessen —
Und daß ihr Gatte sie betrog.

Versammelt, fügsam ihren Blicken,
  Hält sie ein Völklein von Porz'llan:
Die kleinen Schäferinnen nicken,
  Mit Märchenzauber angethan.

Vielfarbig sich die Strahlen brechen
  In selt'ner Schalen bunter Schau;
Es leuchtet aus des Sèvres Flächen
  Ein sonnenwarmes Himmelblau.

Sie grüßt in pflaumenbraunem Kleide
  Gar zierlich selbst in all der Zier;
Ihr steht der Faltenwurf der Seide —
  Was sie umgiebt, das paßt zu ihr.

Und finden Montags sich die Gäste,
  In ihrem schimmernden Salon,
Fühlt jeder sich auf einem Feste
  „Chez la Comtesse de Trianon."

Vieux Rose.*

's ist eine Frau von achtzig Jahren —
   In Frankreich sind sie selten nicht —
Mit flock'gem Schnee in weichen Haaren
   Und Sonnenschein auf dem Gesicht.

Sie sitzt vergnügt in ihrem Zimmer,
   Ein stilles Lächeln um den Mund;
Berechnet ist des Vorhangs Schimmer
   Und der Tapete Hintergrund.

Es haben Freunde, die sie kennen,
   Das Rosenrot ihr zuerkannt
Und — mag man finster andre nennen —
   Die R o s e n f a r b e sie genannt.

So hat beim wöchentlichen Reigen,
   Den sie belebt in ihrem Haus,
Dem heit'ren Zauber, der ihr eigen,
   Gehuldigt mancher Rosenstrauß.

Sie fügte sich mit tapf'rem Herzen,
   Daß man ihr zu die Rose sprach;
Sie fand Gefallen an den Scherzen
   Und wollte rosig ihr Gemach.

---

* Modename für „vergilbtes Rosa".

Die Stoffe wußte man zu wählen,
 Es fällt gedämpft das Licht herein,
Und Gelb und Rosa sich vermählen
 In einem zarten Doppelschein.

Wie leise färbend in die Schichte
 Der trüben Wolken fällt ein Strahl,
Daß sie erglüh'n im Rosenlichte —
 Und wieder dann verblassen fahl:

So waltet im Gesetz des Schönen,
 Das Schatten giebt und Grelles nimmt,
Ein Wechselspiel von Farbentönen,
 Das zu dem Matt des Alters stimmt.

Und jetzt, wo über ihrem Leben
 Des Abends großer Schatten steht,
Ist sie von Rosenschein umgeben,
 So wie der Tag, der untergeht.

La Joconda.

Was diese Mienen lächelnd sagen,
    Wovon dies Frauenantlitz spricht —
Danach die Kenner immer fragen,
    Ergründet aber wird es nicht.

Vielleicht hat Vinci schon empfunden,
    Der Mona Lisa durfte schau'n,
In jenen langen Malerstunden,
    Daß Rätsel sind in schönen Frau'n.

Und ich, wie sollt' ich das erraten,
    Was keiner uns zu deuten weiß,
Seit die Bewunderer sich nahten
    Dem Meisterwerk, des Louvre's Preis?!

Ich seh' die Stirne, reizumfangen,
    Den holden Zug um Mund und Kinn,
Die heit're Anmut auf den Wangen
    Der edlen Florentinerin.

Und sinne, wie im Lauf der Zeiten
    Sie angeblickt hat Jahr für Jahr
Aus aller Herren Länder Weiten,
    Was reich, berühmt und vornehm war.

Ist nicht von diesen Blicken allen,
Beim stetigen Vorübergeh'n,
Ihr in das Aug' ein Strahl gefallen,
Der wiedergiebt, was es geseh'n?

Und ihr Geheimniß ist's nicht eben,
Daß mit dem Lächeln ihrer Zeit
Sie noch lebendig schaut ins Leben
In holder Unvergänglichkeit.

La fête des Fleurs.
(1895.)

Es duften die Blumen, es lächeln die Frauen,
Der Bois de Boulogne ist im Festschmuck zu schauen;
Die Schwarzen, die Blonden, die Braunen, sie glüh'n —
Die roten, die blauen, die weißen, sie blüh'n.

Die Männer sich brüsten, die Rosse, sie schreiten,
Die Lenker am Kutschbock, sie schauen und leiten —
Und liebliche Kinder, voll Unschuld und Glück,
Empfangen und werfen die Blumen zurück.

Die Damen, sie blicken entzückt auf die Menge,
Die herrlichen Wagen umstaut das Gedränge,
Die Sonne des Frühlings grüßt alle zugleich —
Und fröhlich, in Freuden ist arm heut und reich.

La Tour Eiffel.

(1889.)

An des Jahrhunderts Ende,
  Schon zu des nächsten Gruß,
Erhebst du dich behende
  Vom Anfang bis zum Schluß.

Mit fröhlichem Beginnen,
  Hoch in die Lüfte frei,
An Spitzen und an Zinnen,
  An jedem Turm vorbei.

An Dom und Pyramide
  Im Auf- und Niedergang,
Vorbei am Vogelliede,
  Vorbei am Glockenklang!

Es schmiegen deine Stäbe
  Vor dem erstaunten Blick
Sich künstlich zum Gewebe,
  Zum lieblichen Gestrick.

Nicht zeigst du in Trophäen
  Des Eisens Majestät,
Nein, als ein Werk der Feen,
  In Anmut hingeweht.

Tags bunt zu deinen Füßen
    Siehst du der Völker Thun,
Wie Meister sich begrüßen,
    Die nach dem Werke ruh'n.

Und abends, wenn die Sterne
    Beginnen ihren Lauf,
Geht, leuchtend in die Ferne,
    Auf dir ein Stern auch auf.

Ein Stern, der Erde näher
    In freud'gem Farbenglüh'n,
Ein Zeichen für die Seher,
    Ein Lohn für Tagesmüh'n.

Die Strahlen rings im Kreise,
    Hoch oben angefacht,
Sie zittern weithin leise
    Wie Mondlicht durch die Nacht.

Nach Kämpfen und nach Siegen,
    Die manches Denkmal nennt,
Zu **höchst** ist aufgestiegen
    Der **Arbeit** Monument!

Ausstellungs-Nacht.
(1889.)

Der Wasserstrahl erhebt sich mächtig
    Und ringsum funkelt's wunderreich;
Fontänen steigen farbenprächtig,
    So wie Gestalten aus dem Teich.

Bald kommt es grün und wieder golden,
    Dann rot, wie wenn der Stahlguß heiß —
Dann blau und gelb, gleich Blumendolden,
    Dann silbern wie das Gletschereis.

Dort der Fassade Lichtgeflimmer,
    Mit ihrer Kuppelbauten Gold!
Es winkt in märchenhaftem Schimmer
    Es lockt mit Zaubern, still und hold.

Der hohe Turm versinkt im Dunkel,
    Nur die Konturen, Licht an Licht, —
Und oben seines Sterns Gefunkel —
    Und langer Strahlen Mondenlicht!

Die Seine rollt die Wasserfluten,
    Die Schiffe gleiten drüber hin
Im Wiederschein von all den Gluten,
    Von dem Saphir und dem Rubin.

Und jetzt, als sei in seinen Gründen
Des Morgens Feuerschein erwacht,
Des Turms Gefüge sich entzünden:
Als Leuchte steht er in der Nacht.

Aufblitzt vom Schiffe die Laterne,
Das Gaslicht flammt, die Lampe brennt —
Und rings im Kreis des Himmels Sterne,
Sie leuchten mit am Firmament!

Vor dem Abschied.

Schon ahn' ich bang der künft'gen Stunde Schwere,
Die trübe Zeit, die Einsamkeit, die Leere.
Was geht mir ab, bevor ich es entbehre?

Die Kirchen sind's — und mehr noch die Kapellen,
Die Heiligtümer an verborg'nen Stellen,
Mit ihrem Dunkel, ihrem kerzenhellen.

Es ist der warme Strom der Sympathien,
Die gold'nen Wolken, die am Himmel ziehen,
Die grünen Bäume sind's der Tuilerien.

Juwelen sind's, die unterm Glase schimmern,
Die bunten Federn, die auf Hüten flimmern,
Und auch die ros'gen Lampen in den Zimmern.

Die Lilien sind's, die auf dem Banner glänzen;
Napoleon mit seinen Lorbeerkränzen —
Und auch Watteau mit seinen Schäfertänzen.

Es ist Paris, das immer hold zu schauen,
So wie das Lächeln bei den schönen Frauen
Und wie der Strahl am Firmament, dem blauen!

1895.

Gelegentliches.

An Betty Paoli
zum 70. Geburtstag.

Kein andres Lied an diesem Tag soll tönen —:
    Nur deines eig'nen Liedes Glockenklang,
Bei dem wir dich als Auserwählte krönen,
    Wie zum Triumph auf deinem Ehrengang!

Nicht sei nach Erdenjahren abgemessen,
    Was Ehrfurcht fordernd deine Stirne weiht;
Heil dir! weil, von Geschlechtern unvergessen,
    Du jetzt schon atmest in Unsterblichkeit!

Weil auf der deutschen Sprache mächt'gem Flügel
    Dein edles Wort, dein zündendes Gedicht
Im Lebenshauch fort über Thal und Hügel
    Als eine Stimme deines Volkes spricht!

Scheffel.

„Der Heini von Steyr ist wieder im Land!"
Wie klang das so freudig, als Scheffel noch stand!
Denn war er nicht selbst in mannhaftem Singen
Ein Meister wie jener von Osterdingen?

Sein Mund ist verstummt. Unser Scheffel ist tot.
Doch gilt noch sein Spruch als ein Aufgebot;
Der Bursch hat beim Wandern im Ohr seine Lieder,
Und klirren die Becher, laut tönen sie wieder.

Stimmt an sie im Volke der festfrohe Kreis,
Erhebt sich der Jüngling, steht aufrecht der Greis;
Im Brand sind die Herzen, entflammt sind die Geister
Und jubeln ihm zu, dem unsterblichen Meister!

An Frau Louise Ackermann.
(Paris 1880.)

Du preisest seltsam meine Güte —
    Doch ach, mich stimmt das Lob nicht froh;
Ich frag', beklommen im Gemüte,
    Mich traurig: ist es wirklich so?

Bin ich mit allen seinen Schwächen
    Denn wirklich nur so ganz ein Weib?
Und wenn auch keine Thaten sprechen —
    War all mein Lassen Zeitvertreib?

Weshalb hab' ich in Jugendtagen
    Mein Herz geopfert der Idee?
War keine Stärke mein Entsagen —
    Kein Opfermut in meinem Weh?

Ja, wenn das Weib nur lebt von Liebe,
    War es noch Frauenweise, sprich!
Zu gehen durch das Weltgetriebe
    Geleitlos und allein, wie ich?

Und dieses Lied, das mir entquollen,
    Das schon im Ohr des Kindes klang —
Mußt du mit seinem Laute grollen,
    Mit seinem flüsternden Gesang?

Ihm grollen, weil vom Blitz du trunken,
  Der zündend durch das Wort dir fuhr —
Willst du erkennen nicht im Funken
  Das gleiche Feuer der Natur?

Bist du nicht selbst, so auserlesen
  In Hoheit und gedankenvoll,
Ein Weib in seinem heil'gen Wesen —
  Ein Herz in seinem tiefsten Groll!?

An Ferdinand von Saar.

(Zum 30. September 1893.)

Es huldigen, geliebter Meister,
Dir heut in Oesterreich die Geister
Und viele Herzen sich dir nah'n.

Wie Wand'rer, die auf Gipfeln stehen,
Im Umblick kannst du übersehen,
Die dich zur Höh' geführt die Bahn.

Und siehst du fern entrückt auch ziehen,
Im Abendstrahl gleich Elegien
Die Zauber der Vergangenheit —

Du hast erreicht, was wert ein Leben:
Es ward der Lorbeer dir gegeben,
Das Anrecht auf Unsterblichkeit!

An Frau Hiſſa Ohyama.
(1894.)

O, wäreſt Du in Jugendtagen
   Erſchienen mir, vielholde Frau,
Es hätte Sehnſucht mich getragen
   Nach deiner Sonneninſel Gau.

Du weißt ſo lieblich zu erzählen
   Von deines Fürſten heil'gem Thron,
Daß ich zum Wohnort möchte wählen
   Des Fuſiyama's Region!

Doch ach! verronnen iſt mein Leben,
   Was mir noch bleibt, iſt kurze Friſt;
Ich darf nicht mehr den Flügel heben,
   Genug, daß du gekommen biſt.

Ich hör' dein jugendfriſches Lachen,
   Seh' auch dein Antlitz, ſcherzerhellt;
Der Blick, der Frohſinn, das ſind Sprachen
   Verſtändlich in der ganzen Welt.

Ich lieb' dein Mägdlein, deinen Knaben,
   Es gleicht dir ganz der Kinder Paar,
Die ſchwarz wie du die Augen haben
   Und ſeltſam ſchwarz wie du das Haar.

O sprich nur fort — erzähle weiter
   Von dem Schogun, als, Mann an Mann,
Um ihn sich scharten Japans Streiter;
   Vor des Mikados Stiergespann —

Wann er gezogen kam im Wagen,
   Von keinem Sterblichen erspäht;
Erzähle deiner Heimat Sagen,
   Um die der Hauch von Flammen weht.

Und auch wie Füchse Zauber üben,
   Und aus als holde Frauen geh'n;
Warst du nicht auch ein Füchslein drüben?
   Du bist so schelmisch anzusehn!

Doch nein, der Zauber, der dir eigen,
   Ist ohne Trug und ohne List
Und alle Herzen sich dir neigen,
   Weil du so klug und reizend bist.

Huldigung.

Du willst ein Lied, gepries'ne Schöne? —
  Wirkst du nicht selbst mehr als Gesang,
Mehr als die Harmonie der Töne,
  Mehr als der Rhythmen Zauberklang
Mit deinen rabenschwarzen Flechten,
  Mit deiner Züge eblem Schnitt,
Mit deiner Heiterkeit, der echten,
  Und deinem leichtbeschwingten Tritt?

Wie Falter, die um Blumen kosen,
  Spielt deines Lächelns Sonnenschein,
Du scheinst umweht von Sommerrosen
  Und aus dem Feenreich zu sein!
Du ziehst der Jugend muntre Kreise
  In deine lichterfüllte Bahn,
Mit deinem Scherz gewinnst du Greise,
  Sie sehen still vergnügt dich an.

Selbst dem, der weltentfremdet waltet
   Und streng dem Leben sich verschließt,
Hast du den Frühlingsstrahl entfaltet,
   Der schmeichelnd sich ins Herz ergießt.
So komm', ein Sonnenblick gesegnet,
   Zu manchem trüben Erdentag —
Und bringe dem, der dir begegnet,
   Gieb mehr ihm, als ein Lied vermag!

Die Stolberg-Münze.

(An Gräfin Maria Stolberg.)

Wo geht in weiten Gauen
　Ein Jäger auf die Birsch,
Dem nicht dünkt hold zu schauen
　Der Sankt Hubertushirsch!?

Das Kreuzbild im Geweihe,
　Erscheint das edle Tier
Und giebt der Jagd die Weihe
　Im christlichen Revier.

Doch giebt's noch einen Hirschen
　In köstlichem Geschmeid,
Der ziert, gilt es zu birschen,
　Manch edles Schützenkleid.

Er trägt nicht im Geäste
　Ein Kreuz, das Licht umfloß,
Doch beim Hubertusfeste
　Preist ihn der Jägertroß.

Das Hirschlein ist's, das echte,
 Das stolz der Weidmann trägt,
Vom herrlichen Geschlechte
 Der Stolberg einst geprägt.

Im munt'ren Vorwärtsschreiten
 Treibt auf das Edelwild,
Zum Lobe starker Zeiten,
 Ein schönes Wappenbild.

O mög' es Stolberg geben
 Mit Söhnen auf der Birsch,
So lang zum ew'gen Leben
 Winkt der Hubertushirsch!

Die Dreizehnten.

(1892.)

Geschmähte Zahl, in deren lautem Zeichen
Zwei Herrscher nun sind eingesetzt auf Erden,
Durch die bewältigt alle Stolzen werden —
Die einzig sind und keinem andren gleichen.

Vom Felsen Petri eine Hochflut weichen
Papst Leo sieht; ob Stürme ihn gefährden,
Alphons, das Kind, mit lieblichen Gebärden
Dort an der Sierra winkt in seinen Reichen.

Wie vorbestimmt zu des Jahrhunderts Ende,
Wo Hochmut siegt und alles Vorrecht eitel,
Die beiden steh'n an einer Zeitenwende.

Denn ob die Menschheit zweifelt oder glaubt:
Stets heilig bleibt von einem Greis der Scheitel,
Und jedes Kind ist ein geweihtes Haupt.

Erzherzog Carl Ludwig,

gest. 19. Mai 1896.

Carl Ludwig schied! Ein Pilger mit den Seinen,
Zog rüstig fort er nach dem heil'gen Land —
Zum Jubelfeste, wo sich Völker einen,
Ist heimgekehrt er zu der Donau Strand.

Sein Oestreich-Ungarn! Grüßen wollt' er beide,
Doch krank erreicht er sein geliebtes Wien —
Das frohe Wien, das nun im Trauerkleide
Den Mai vergißt — und Thränen weint um ihn!

Wie stand er traut in seines Hauses Mitte
Dem holden Kreise seiner Lieben vor!
Wie hat so gütig er gelenkt die Schritte
Zu des Gelehrten, zu des Künstlers Thor!

Ein kaiserlicher Prinz von Gottes Gnaden,
Umkleidet war er mit der Hoheit Schein,
Doch seines Fürstenmantels gold'nen Faden,
Den guten Namen, wob er selbst hinein.

Und sollen Enkel einst die Krone tragen
In fernen, späten Zukunftsjahren, dann
Wird man im Land, wird die Geschichte sagen:
Sie stammen ab von einem Ehrenmann!

Elegien.

Nachruf
einem Liebling.

Es bellt nicht mehr der weiße Kleine,
    Läuft vor der Thüre nicht mehr Sturm;
Geht nicht mehr traurig an der Leine,
    Tobt nicht mehr bös als Tatzelwurm.

Das Köpfchen, das so schmuck sich drehte,
    In holder Wendung immer jung,
Das schöne Tier, das stets umwehte
    Vielteuere Erinnerung:

Das drückten sechzehn Jahre nieder;
    Ein ganzer Winter noch darauf —
Dann lähmt' es ihm die zarten Glieder,
    Nahm allen Pfötchen ihren Lauf.

Da lag er todeskrank im Freien,
    Vom nahen Walde kam der Duft;
Es war ein schöner Tag im Maien —
    Die Zeit, um die der Kuckuck ruft.

Er stand nicht auf mehr von der Stelle,
　Die Sonnenstrahlen wärmten ihn —
Doch er erstarrt in seinem Felle,
　Das noch im Tod wie Hermelin.

Wo sein Gebieter saß im Alter,
　Wo grün die Eiche biegt den Ast,
Wo goldig streift der Sommerfalter,
　Dort trug man ihn zur letzen Rast.

Und ich, ich denk' auf meinen Wegen
　Gedanken, die mir eigen sind:
Vielleicht im Jenseits kommt entgegen
　Er wieder mir, dem Pilgerkind.

Und eilt voran, wie einst auf Erden,
　Dem Oheim, den ich treu geliebt,
Im Lande, wo wir glücklich werden,
　Wo Gott Verlor'nes wiedergiebt.

Mein Zimmer.

Einst warst du blau, als neu dies Schloß erstanden,
Voll türk'scher Sprüche und mit Koranszier,
Von all den Wundern, die dich einst umstanden,
Blieb nur der Türke auf dem Ofen hier.

Weißgold die Sitze und mit gelber Seide,
Abseits gestellt, erinnern an die Zeit,
Wo meine Ahnfrau hier in schwerem Kleide
Den Zirkel hielt der ersten Gastlichkeit.

Und an die Jahre, wo der Feind im Lande,
Wo die Franzosen hier im Schloßgemach
Den Winter lang, verpflegt nach ihrem Stande,
Beim Spiel der Karten und bei Scherzen wach.

Dann wardst du grau, du meiner Jugend Zimmer,
Das nie empfangen hat des Südens Schein,
Mit dreien Fenstern, wo der Abendschimmer
Und eine große Fichte sah'n herein.

Die hohe Fichte grüßt nicht mehr im Norden,
Sie fiel im Sturm des Baumes edlen Tod;
Doch Abend ist es überall geworden —
Was mich noch grüßt, ist nur das Abendrot.

Dann wardst du grün. Längst nicht mehr Schwestern teilen
Die Tagespflicht im weitgedehnten Raum;
Vorüber ist die Zeit — die Stunden eilen —
Und das Vergang'ne gleicht jetzt einem Traum.

Und einem Traume gleicht die Schmerzensstunde,
Da meine Mutter — vor dem letzten Streit —
Hieher zum Sterben kam, schon todeswunde,
Und müd entschlummert in die Ewigkeit.

Schon damals grün, bist du auch grün geblieben,
Noch an den Wänden ist die Farbe frisch;
Noch bist du so, wie dich gekannt die Lieben —
Dieselben Schränke und derselbe Tisch.

O du mein Zimmer, wo das Glück des Lebens
Mir vorgeschwebt und unberührt entschwand!
O du mein Zimmer, wo der Ernst des Strebens
Mich aufrecht hielt, wenn ich vor Rätseln stand!

Umfriede mich mit deinen grünen Mauern,
Du altes Zimmer in dem Vaterhaus,
Von dem mich dünkt, es wird um mich einst trauern,
Wenn hier mein Schritt nicht mehr geht ein und aus.

Der Hain.

'S ist lange her — die damals Kinder waren,
Sie steh'n als Greise einzeln in den Scharen —
Da gab es hier, die Lüfte wehten labend,
Nach schönem Tage einen Feierabend:
Es ward bei Lampen= und Laternenschein
Geweiht dies Wäldchen zum Emilienhain.

Mein Vater lebte da — ein Mann, der heiter
Mit weisem Ernst ging seine Bahnen weiter,
Und meine Mutter, lieblich anzuschauen,
Im weiten Kreis gepriesenste der Frauen —
Auch Freunde gab's und Diener jener Zeit,
Wo noch im Land die Lehensherrlichkeit.

Noch dauern in mir fort Erinnerungen,
Die mir aus erster Kindheit nachgeklungen —
Vom langen Zug durch jene Waldesgänge,
Von der Beleuchtung mit dem Festgepränge.
Dreijährig ging ich, für die Freude wach,
Im weißen Kleid mit der Gespielin nach.

Und dann die stolzen Jugendtage kamen
Vom schönen Wald mit meiner Mutter Namen.
Ihr Vater hatte wen'ge seinesgleichen,
In Manneshoheit schritt er durch die Eichen;
Ihm und dem Eidam winkte schattig zu
Die Rast der Johanns= und der Josephs=Ruh'.

Wir wuchsen auf. Im Walde, süß zu nennen,
Da lernten wir allmählich Zauber kennen:
Die Frühlingsblumen mit den zarten Kronen,
Die gelben Primeln und die Anemonen,
Am Sommertag des Falters gold'ge Pracht —
Die rote Erdbeer', die im Laube lacht.

Wenn zu den Eltern die Besucher kamen,
Da gab man neuen Plätzen ihre Namen;
Dort, wo die Blätter sich beim Wiesgrund sonnen,
Dort rieselte des Knaben „Hanselbronnen",
Und wo im dichten Laub der Strahlen Blitz,
Da ehrte man den Präsidentensitz.

Der Hain war grün auch in dem Trauerjahre,
Wo beide Väter lagen auf der Bahre;
Sie waren Freunde — selten mag es geben
Ein Freundespaar, wie sie, im Erdenleben,
Verwaist' und Witwe, wiederkehrt allein
Die arme Mutter zum Emilienhain.

Der Hain war grün und lieblich anzuschauen,
Doch durch die Gänge wallten stille Frauen;
Die Mutter meiner Mutter ein sich findet,
So glücklich einst — und glücklich noch, erblindet,
Denn Kindestreue ward ihr Augenlicht;
Die teuren Stimmen hörend, klagt sie nicht.

Die Jugend kam für mich mit ihrem Sehnen,
Die Zeit der Wünsche und der heißen Thränen;
Da sah ich gern im Wald, dem wonnig dunkeln,
Die Nacht des Sommers und den Leuchtwurm funkeln —
Und was mir fiel ins tiefste Herz hinein,
Das kam von oben, das war Sternenschein!

Ich blieb daheim — es schwanden rings die Lieben,
Vereinsamt war die Mutter noch geblieben,
Bis vorschnell sie, im Frühherbst ihrer Jahre,
Zu Grabe sank mit ihrem schwarzen Haare.
Mit ihr gegangen war der Jugend Glück —
Drei Schwestern, blieben weinend wir zurück.

Die Jüngste flocht den Brautkranz um die Locken —
Und sank, getroffen, mit den Blütenflocken.
Nicht mehr gebietet hier die Muttertreue,
Es herrscht Notwendigkeit, es siegt das Neue,
Und in des grünen Haines trautem Raum
Fällt, von der Art getroffen, Baum auf Baum.

Und feindlich trat mir nun auf allen Wegen
Im stillen Thal mein Erbenlos entgegen
Verhängnisvoll! Mir war es nicht beschieden,
Zu wirken fröhlich in des Hauses Frieden;
Durch Kampf und Not, im Sturm und Drang —
So ging es fort und fort mein Leben lang.

Und meiner Mutter Hain, der Hain der Laren,
Als Hain der Schatten muß ich ihn gewahren;
Vielteure Namen auf den Tafeln stehen,
Die die nicht kennen, die vorübergehen.
Ach! die hier träumten in der Waldesruh',
Sie schlafen tief — der Hügel deckt sie zu.

Die neue Pflanzung steht mit jungen Fichten
Jetzt statt des alten Walds, des blätterdichten;
Wer kennt des Präsidentensitzes Stelle?
Die Johannsruhe ward zur Waldkapelle;
Erinn'rungslos in seines Frohsinns Recht,
Lustwandelt hier ein jüngeres Geschlecht.

O wird mein Lied — so seufzt es durch mein Trauern —
So lang wie diese letzten Eichen dauern?
Sein Wort nach mir von den vergang'nen Zeiten
Erzählen denen, die vorüberschreiten —
Ein stiller Segen bleiben auf der Flur
Und heilig wahren meiner Väter Spur!?

6. Mai 1893.

Zeitenschluß.

Was zeigt die Zukunft? Nur ein Ende eben!
  Ein größ'rer Schluß folgt dem Jahrhundertschluß.
Welch später Enkel wird den Tag erleben,
  Der endlich wieder Anfang bringen muß?

Die jetz'ge Jugend kann ihn nicht erjagen,
  Denn allzufern winkt der Verheißung Thor;
Der erste Morgen wird beim Aufgang sagen
  Zum zwanzigsten Jahrhundert: Sieh dich vor!

Denn eine Stunde ist's dann rings geworden,
  In der die Zeit hält feierliche Wacht,
So wie die Sonne, wenn sie hoch im Norden
  Zur Wende leuchtet in der Mitternacht.

Den langen Abend erst muß sie verkünden,
  Bevor sie neu zum Sommer aufersteht:
Ein Abend glüht in des Jahrhunderts Gründen,
  Mit welchem das Jahrtausend untergeht.

Ueberſetzungen.

Der Lord von Burleigh.
(Aus dem Englischen des Alfred Tennyson.)

„Wenn nicht alle Zeichen trügen"
  — Munter flüstert er ihr's zu —
„Laß mein Herz in deinen Zügen,
  Innig, Mädchen, liebst mich du."

Daß er ihres Herzens Meister,
  Nicht in Worten spricht sie's aus,
Als ein Landschaftsmaler reist er
  Und im Dorf ist sie zu Haus.

Vorwurfslos und an der Stelle
  Küßt er zärtlich sie als Braut;
Führt sie in die Dorfkapelle,
  Und sie wird ihm angetraut.

„Keine reichen Hochzeitsgaben,
  Wenig bieten kann ich dir,
Aber Liebe soll dich laben,
  Mehr als Leben bist du mir!"

Durch die Gärten, durch die Felder
 Gehn sie beide Hand in Hand,
Nahe sommerliche Wälder
 Rauschen Kühlung durch das Land.

Er fährt auf aus tiefem Denken,
 Spricht zu ihr: „Willst du, mein Kind,
Daß wir hin die Schritte lenken,
 Wo der Großen Schlösser sind?"

Und sie gehn zusammen weiter,
 Aus der grünen Flur heraus,
In Gesprächen süß und heiter
 Auf dem Weg zu seinem Haus.

Park an Park, wo schatt'ge Eichen
 Und Kastanienbäume wehn,
Villen, Schlösser ohnegleichen,
 Die zum Prunk, zur Freude stehn.

Liebend, was er ihr will zeigen,
 Sieht sie an, doch späht ihr Blick
Nach dem Häuschen, das sein eigen,
 Wo sie halten soll ihr Glück.

Dort wird sie ihn sorglich warten,
 Fröhlich machen seinen Herd —
Und er soll in Hof und Garten
 Haben, was sein Herz begehrt.

So mit innerem Entzücken
    Schreitet sie — bis auf einmal
Hohe Gitter nahe rücken
    Und sie wahrnimmt ein Portal.

Wappen sich am Eingang zeigen,
    Mächtig stehn die Pfeiler da,
Die an Hoheit übersteigen
    Alles, was sie früher sah.

Und mit ehrfurchtsvollem Schritte
    Grüßen Diener ihn beim Thor,
Während er mit sich'rem Tritte
    Sie geleitet wie zuvor.

Staunend blickt sie und geblendet,
    Weiß nicht, was das solle sein;
Stolz und gütig er sich wendet:
    „Alles das ist mein und dein!"

Allhier wohnt in hohem Stande
    Er, Lord Burleigh, frank und frei,
Angesehn im ganzen Lande —
    's ist kein Lord, der mächt'ger sei.

Da mit plötzlichem Erröten
    Tief erglüht sie, wie vor Scham,
Und, als sollte Angst sie töten,
    Es ihr Inn'res überkam.

Nach der Farbe, die sie hatte,
 Wird ihr Antlitz totenbleich;
Doch er spricht zu ihr als Gatte
 Und als Liebender zugleich.

So gebietend ihrem Zagen,
 Macht ihr diese Last auch bang,
Lernte sie die Pflichten tragen,
 Die ihr auferlegt ihr Rang.

Und sie liebt und schätzt so sehr ihn —
 Und so milde gleicht er's aus,
Daß sie dastand, eine Herrin,
 Hochgeehrt von ihrem Haus.

Doch es drückt sie eine Bürde
 Und zur Ruhe kommt sie nicht,
Denn sie meinte, solche Würde
 Zieme ihrer Herkunft nicht.

Und erliegend all der Ehre:
 „O daß wieder", seufzt sie dann,
„Er der Landschaftsmaler wäre,
 Der das Herz mir abgewann!"

Und sie schwand vor seinen Blicken,
 Wie verzehrt vom inn'ren Streit;
Holde Kinder ihn beglücken,
 Doch sie starb vor ihrer Zeit.

Weinend, weinend, tief im Trauern,
　Er, Lord Burleigh, früh und spät,
Dort im Haus bei Samfords Mauern
　Rastlos auf und nieder geht.

Und es kam, daß er sie ansah,
　Und er sah sie an und sprach:
„Bringt das Kleid und zieht es an ihr,
　Das sie trug am Hochzeitstag!"

Und mit sorglicher Gebärde
　Trugen sie, wie er hieß thun,
Sie in jenem Kleid zur Erde,
　Daß sie mög' in Frieden ruh'n!

Die drei Reiter.

(Aus dem Italienischen von Enrico Panzacchi.)

Die Hähne riefen in den Meiereien
Und auf den Hecken schimmerte der Tau,
Ein Pferdgestampfe hörte man im Freien
Den Weg entlang, der licht im Morgengrau.

Drei Reiter trabten her — die Reiter schwiegen,
Einander fremd, nicht wechseln sie das Wort,
Auch als die Sonne schon emporgestiegen,
Begrüßten sie sich nicht und ritten fort.

Und wie sie zogen, hell der Tag erwachte,
Von lautem Leben brach hervor der Schall:
Die Mailuft wehte und die Gegend lachte,
Die kleinen Vögel sangen überall.

Sie hielten an vor einem schmucken Hause,
Das lieblich stand in seinem Blumenkleid,
Ein dichter Epheu grünte um die Klause
Und von dem Erker blickte eine Maid.

Voll Reiz und Anmut war der Gruß der Holden,
Der Schönheit Zauber war ihr eigen ganz,
Sie spann am Rocken einen Faden golden
Und ihre Spindel hatte Silberglanz.

Und wie sie sang am sonnigen Gelände,
Zu jedes Herzen drang das Lied von ihr,
Der Eine sprang vom Sattel ab behende
Und sagte: Lebet wohl — ich bleibe hier.

Die andern zwei verfolgten ihre Reise,
Vergeblich seufzend in der Liebe Qual;
Die Luft war Feuer und auf die Geleise
Versengend fiel herab der Sonnenstrahl.

Da hört man plötzlich einen Lärm im weiten,
Die Kriegstrompeten und den Waffenchor,
Die Pferde horchten wie beim Ruf zum Streiten
Mit off'nen Nüstern und gespitztem Ohr.

Die Türme einer Festung sah man ragen,
Um die beim Sturme die Belag'rer sind,
Es war der Kampf auf jeden Wall getragen
Und jedes Fähnlein flatterte im Wind.

Und beide schauen auf den Sturm der Wälle,
Wie überkommen von der Kampfbegier;
Der Eine gab den Sporn dem Pferde schnelle
Und sagte: Lebe wohl, ich bleibe hier.

Der dritte Reiter zog allein und stille,
Bis daß die Dämm'rung fiel auf seine Bahn;
Dann überwältigt von des Schmerzes Fülle,
Fing er zu seufzen und zu klagen an.

Und seine Klagen unterbrechen Thränen,
Es senkt sein Haupt sich bei des Grames Macht,
Und ohne Rückhalt läßt er seinem Sehnen
Die Seele folgen in der dunkeln Nacht.

Er sieht sein Herz, das einsam hoffnungslose,
Die Wehmut aller Dinge ringsherum,
Den Weg, der ohne Lorbeer, ohne Rose,
Er sieht das Leben ohne Glück und Ruhm.

Dann lenkt er langsam und in läss'ger Trauer,
Als einer, der nichts sucht und nichts mehr will,
Die Zügel seines Pferds bis er zur Mauer
Von einem Kirchhof kommt, dort hält er still.

Kurz schaut er hin, dann stieg er ab zur Erde;
Es wiehert traurig und in Angst sein Tier —
Der Reiter aber sagte matt zum Pferde:
Gefährte lebe wohl, ich bleibe hier.